作者的話

　　人對於陌生事物應該都會有一種想要嘗試、摸索的心理，不論是想要嘗鮮、或是滿足好奇心，有時候甚至願意不計較後果的親身去體驗……這也是人類文明得以開展、前進的原因。

　　在撰寫麥哲倫的故事時，不得不敬佩他那種想要一探未知、陌生領域的奮勇不懈的精神，因為那是發生在好幾百年前，不論是航海技術、設備，或對世界的認識依舊一片黑暗的時代，主角及同行夥伴所遭遇到的艱辛和苦難，全是出發前難以估量的，這趟海上之旅要有無法歸來的決心。

　　麥哲倫帶著這份決心出航，為世人開拓了觀看世界的視野，這一點就值得讓孩子認識這位探險家的故事。透過故事，希望能引領孩子了解，許多事情不是理所當然，現今展現在眼前的一切認識或了解，往往是有人帶領著前行，攀越了頂峰，帶回了豐碩的成果，才得以慢慢累積進步。

　　在撰寫過程中盡量避免二元對立的閱讀感受出現，例如進步／落後、文明／野蠻這樣的詮釋角度。

　　願讀者都能學習麥哲倫迎向挑戰的精神，也不忘記讓自己擁有體貼、同理他人感受的心，希望這本書能讓大家有所收穫。

海上的勇者
麥哲倫

文 / 陳默默
圖 / 徐建國

目　次

作者的話 / 4

楔子・在航行展開之前 / 8

第一章・初識斐迪南・麥哲倫 / 14

第二章・海上初體驗 / 22

第三章・危機出現 / 28

第四章・巨人來襲 / 42

第五章・露出曙光的航行 / 54

第六章・命喪異鄉 / 66

第七章・回到家鄉 / 72

後記 / 76

麥哲倫年表 / 77

楔子‧在航行展開之前

羅納度不喜歡爺爺。

爺爺總是一臉嚴肅，布滿皺紋的臉上，還有著一道長長的疤痕。羅納度好幾次想要問他這道疤痕是怎麼來的，但卻一直開不了口。爺爺雖然年紀大了，但是身姿挺拔，體格結實，眼睛炯炯有神，透露著一股不怒而威的姿態。爸爸對爺爺也是畢恭畢敬的，食衣住行等大大小小的事情爸爸都張羅得妥妥當當，一點也不需要爺爺費心。不過羅納度知道，他們之間好像有一道牆阻擋著，感覺很親近，其實距離很遙遠。羅納度私底下問過爸爸，爺爺為何總是這麼兇？

「昨天我拿我自己親手做的木造船給爺爺看，我以為他會讚美我。結果他拿在手中東瞧瞧、西看看，然後還給我，說可以再做得更好一點。」

羅納度一臉委屈，那艘模型木船就放在桌子上。

「做得很好啊！爺爺有說模型船哪裡需要加強嗎？」

「沒有，他叫我拿去丟掉，然後掉頭就走。」

爸爸聽了說不出話來。

「還有一次，我去海邊游泳。爺爺看到後竟然說，我的姿勢不標準，快點回來！不要游了！」

「爺爺可能是擔心你發生危險吧？」

「我是在很淺的地方游耶！」

「還是……其實是爺爺想要親自指導你技巧？」

「他說游得這麼爛，誰教的？我說是你，爺爺聽到就轉頭走開了。」

「咳咳咳，我說羅納度啊，不用每件事情都說得那麼清楚。你也知道爺爺個性一板一眼的，他的話不用聽得那麼認真。」

「爺爺總是自己一個人，有時候，我怕他無聊，想要陪陪他，但是不知道該怎麼做比較好。」

爸爸看著一臉無奈的羅納度，笑著摸了摸他的頭。

「我知道。其實我覺得，有你在身邊，爺爺的日子過得開心多了。」

「真的嗎？」

爸爸告訴羅納度，席爾瓦爺爺以前是個很開朗的人，當奶奶還在世的時候，他們感情好到讓一旁的人覺得尷尬。爺爺是一位船員，曾經有過一段偉大的航行。爸爸說他從小就聽爺爺說過許多海上的故事；從年輕時的故事開始說起，為什麼爺爺會成為一位船員，如何和一位偉大的探險家成為好朋友，然後一起走遍世界的故事。爸爸記得很清楚，每當聊到這些，爺爺的神情總是充滿光彩……

乘著船環遊世界各地的席爾瓦，看過許許多多陌生、不可思議的事物，他也會帶回一些稀奇古怪的東西給兒子桑托士。雖然等待的日子有點寂寞、無聊，但桑托士一想到等到爸爸回

來時，不知道又會帶回哪些新奇有趣的東西？生活就多了點期待。

「那爺爺現在為什麼會變這樣？」

羅納度不太相信爸爸說的話，以前的爺爺和現在的爺爺未免差太多了，根本不是同一個人。爸爸彷彿陷入回憶般，沉默了好久才開口。

「你出生的那一年，爺爺打算退休，不再出海了，他想要多留點時間陪奶奶和孫子。奶奶很高興，說和爺爺聚少離多一輩子了，現在總算可以一起生活了。」

爸爸哽咽了，他斷斷續續說出，後來奶奶生了一場重病，身體變得非常非常虛弱，卻還是努力撐著，想等爺爺回家。可是，最後，奶奶和爺爺還是沒能見上最後一面。

「你爺爺在喪禮上哭得好傷心。他後悔自己不應該答應航行，又說他根本沒辦法拒絕，在那之後，他變得越來越沉默。」

知道爺爺變得這麼嚴肅的原因後，羅納度反而不再那麼怕他了，整天想要找他聊天。羅納度發現，只要問和大海有關的事情，爺爺心情就會不錯，也會多講好幾句。

一艘船最多可以坐幾個人？在海上航行那麼久要吃什麼？會遇到海盜嗎？想家的時候怎麼辦？遇到其他國家的人要怎麼溝通？羅納度每天總有新的問題要問爺爺。漸漸的，羅納度發現爺爺臉上出現笑容了，說話變得溫柔了。

有一天，羅納度看到爺爺從外面回來，興沖沖的跑上前去，開口就說：「爺爺，我要和你一樣，成為一個環遊世界的船員！」

　　沒想到，爺爺居然暴怒，說了一句：「不可以！」連家門都沒進，就轉身離開，留下錯愕的羅納度。

　　爺爺離開後，竟然連續好幾天沒回家，羅納度則是情緒低落，爸爸、媽媽都不知道該如何安慰他。

　　過了漫長的五天後，爺爺終於回來了，還帶了一個大木箱。他把羅納度喚到身邊，用著緩和、語重心長的口氣說：「我也曾經在你這麼小的時候，決定要成為一位航海家，所以完全可以理解你的心願。但是，你還不知道大海的危險，還有長年在海上的辛苦。」

　　原來，席爾瓦生氣是因為：他明知道自己如果跟孫子說太多關於航海的事情，會讓他對這個工作產生嚮往。眼前這個才十二歲的小孩子，絕對無法想像，從踏上甲板、船隻解開綁在碼頭的繩索那一刻起，將面對的是數不盡的危險和生死攸關的場面。但是，大海終究是迷人的，所以才有那麼多人前仆後繼想要投入。就像他的好友——斐迪南・麥哲倫一樣，對於海洋有數不盡的熱愛。當初，席爾瓦便是受到斐迪南・麥哲倫的鼓舞，開啟了遠航的探險旅程。

　　這一切，要從那次衝突事件說起。

第一章・初識斐迪南・麥哲倫

　　剛滿三十歲的席爾瓦站在港邊，看著眼前五艘大船，啜飲了一口杯子裡的濃茶，準備開始今天的工作。偌大的港口幾乎快要被一堆又一堆像是山一般的貨物占滿，遠方還有載運的馬車陸續前來，來來往往的人們皆為這景象議論紛紛。

　　席爾瓦在港邊工作有十年的時間了，當初帶領他的師傅，在幾年前覺得他可以獨當一面了，便把理貨員這項職務正式交棒給這位年輕人。正因為年輕，很多比他資深、年長的工人一開始根本不服氣，除了會在背後閒言閒語，更會當面質疑甚至不甩席爾瓦的調度。班納是最常和席爾瓦作對的人，每當工作分配下來，他就會跳出來說，這艘船隻的貨物種類搬運順序不對，或是那艘船隻根本裝不下這麼多貨物。遇到這種情形，席爾瓦內心雖然很生氣，但也不能多說什麼，只能加倍努力。他時常自己一人上上下下的搬運貨物，就是為了向大家證明，自己的安排是沒有問題的。

　　其他人看著席爾瓦從白天做到黑夜，即便汗流浹背、氣喘吁吁，也不願意多休息一分鐘，忍不住開口要他休息一下，叫他不要累垮了。席爾瓦的想法很簡單，就是要把這些即將出航的船隻整備到最齊全、完美的狀態，出海的人們才會有一趟安全、舒適的航程。漸漸的，大家一一加入了席爾瓦的行列，連班納都默默的跟在後頭，雖然他偶爾還是會碎碎念。

　　「今天是個大日子，看來非得要忙到半夜了。」班納走到了席爾瓦身邊，看著港口邊堆積如山的貨物，嘆了一口氣。

「對啊，今天是我女兒的生日，我答應要回家吃飯的。」提多一屁股坐上了木箱，嘴巴裡念念有詞。

「這麼龐大的陣仗，該不會是國王要出海吧？」卡斯納咬了一口麵包，口齒不清的說著他的觀察。

「不是國王要出海，但是跟他有關係。這次是一位葡萄牙人斐迪南·麥哲倫組織的船隊準備展開探險的航海旅程，眼前看得到的這些東西，都是我們的國王卡洛斯一世資助的。」

席爾瓦解開大家的疑惑後，便開始分配工作。

「為什麼這麼多貨箱、木箱還沒搬到船上？」麥哲倫氣急敗壞的在港邊大吼大叫，惹得每個人都停下手邊的工作轉頭過來看他。

「這些裝食物的箱子趕快搬上去啊！今天午夜前一定要搬完！」

麥哲倫大喊要負責人出來，班納、提多等人一臉怒氣，有志一同的往這位船長方向走去。他們把麥哲倫團團包圍，每個人都汗流浹背、臉色嚴肅，一場衝突似乎馬上就要爆發。

「我就是負責人，我叫席爾瓦。」席爾瓦從人群中走了出來，揮手要大家後退。

麥哲倫鬆了一口氣，接著便問說工作進度為何那麼慢？

「先生，你們這趟旅程時間非常長，為了船員們著想，我必須要仔細檢查、安排貨物、物資存放的位置。」

「就全部搬上船，有空間就放，不用管那麼多。」麥哲倫說話又開始充滿火藥味。

「先生，恕難從命。」席爾瓦的態度非常堅決。

「像是這些裝食物的貨箱，箱子和食物都必須完全乾燥才行。你看這一個箱子，裡面的魚乾有些已經開始發霉了，如果還把它搬上船和其他貨箱放在一起，時間一久，食物就會接連腐壞。」

席爾瓦不厭其煩的解釋貨箱的擺放原理，除了可以使得船員方便快速拿到想要的東西之外，平均重量也會讓船隻行駛起來更為順暢，以及延長食物的保存期限。

麥哲倫沉默了許久，點了點頭，認同了席爾瓦的做法。

「我了解了，照你們的方式去做。」

夜半時分，港邊的貨物箱少了一大半。席爾瓦要大家回家休息，明天再繼續。他坐在石墩上，眺望遠方，享受著吹來的海風，一天的疲憊因此消散一空。

「今天辛苦你們大家了。」說話的是麥哲倫，他站在席爾瓦的後頭，蓬頭垢面的模樣說明了勞累的程度。

「我想邀請你加入航海團隊。」這段突如其來的話讓席爾瓦嚇了一跳。

原來，麥哲倫在工作的空檔，問了許多人關於席爾瓦的事情，得到的都是他有著關於船隻、航行方面專業能力的回答。

「我需要像你這樣的人和我同行，請務必答應。」
席爾瓦一時間說不上話來，只說會好好考慮。

同時間，他腦海裡浮現了童年時期想要當個偉大船員的夢想；雖然現在做的工作跟航海有密切關係，但終究不是在大海上乘風破浪，在陌生的大陸上探險。心裡那股埋藏許久的熱情，似乎被點燃了。

　　麥哲倫的船隊在海上航行已經十天了，絕佳的天候、一望無際的視野讓每位船員心情都非常愉快。偶爾會有海豚在船隻旁隨之浮泳、跳躍，看得大家連連叫好。船員幾乎每天都會釣到新鮮漁獲，根本不必擔心食物匱乏。所以，雖然這趟航程歸途時間渺渺無期，心情上仍算是開懷的。

　　出發前，麥哲倫曾經聽說有一些有心人士想要破壞此次航行，甚至要對他不利。此時，他已將這些消息拋諸腦後了，還要席爾瓦不用擔心；他說這次可以成行是千載難逢的機會，一有猶豫，機會稍縱即逝。

　　看著麥哲倫胸有成竹的模樣，席爾瓦不好多說什麼；有寫作習慣的他利用休息時間，寫下航程中的所見所聞。

日期：1519 年 9 月 26 日　　停靠點：特內里費島（Peak of Tenerife）

在這個地方我們停留了數天，收集了木材和飲用水，捕獲了一些動物當作

食物。在這裡，我們遇見了一艘西班牙來的船，船上有一人來到了麥哲倫

的艙房，兩人閉門談話。後來，才知道他們前來的用意是要警告麥哲倫，

船隊中有人欲取他性命。這樣攸關生命安全的大事，麥哲倫卻毫不放在心

上，向前來報信的人道謝之後，船隊便又啟程，開往未知的遠方。

　　麥哲倫的船隊停靠了許多陌生的土地，每個地方都有不一
樣的人情地景；他們曾經航行到巴西的里約熱內盧，那裡的住

民聽說還保留著食人的習慣，船員們知道後，必須在身上放把
隨身武器，才願意下船。

「這明明是我休息的時間，為什麼還要叫我去搬東西！」

「因為早班的人有許多都病倒了，人手根本不足，不過是請你幫忙一下，又不是要你直接上工！」

「這不是第一次了，而且，我怎麼知道他們是不是真的生病？說不定都是裝病！」

兩個人吵得不可開交，甚至動手打起架來。雙方人馬為了保護自己的人，紛紛加入戰局，頓時，甲板上像是戰場一樣亂成一團，水桶、木槳、漁網等隨手拿得到的東西都被當成武器使用。席爾瓦聽到吵鬧聲，連忙趕來、鑽進人群中，橫擋在帶頭打架的兩個人中間，接著吸了一口氣大喊：「不要吵了！」

在港邊工作過的席爾瓦，因為長期需要搬運重物，還要拉開喉嚨指揮調度。他的聲量把所有的人震懾住了，力氣也是不同凡響，被他抓住肩膀的兩個人根本動彈不得，痛得直說快放開。

「打到都流血受傷了，到底是為了什麼事情？」

「他工作安排不公平。」

「我是不得已的，人手不足，我自己也好幾天一天都睡不到幾小時。」

「這裡的工作先暫停，中午過後再繼續，你們先回去休息，我去找船長討論這個問題。」平息紛爭後，席爾瓦憂心忡忡的來到了麥哲倫的艙房，講述了整起事件的始末；沒想到，麥哲倫只說了聲：「嗯，我知道了。」就繼續把頭埋在大大的地圖上。

日期：1520 年 3 月 31 日　停靠點：聖胡利安港（Port St.Julian）

歷經了惡劣的航行之後，我們總算找到可以停靠的地方。這裡沒有人煙，但是可以捕獲到數量足夠的魚類，大家不僅飽餐一頓，也得以好好的休息。不過，令人擔心的是，船上的乾糧存量已經到達警戒線了，像是麵包、酒等。如果接下來的航程時間拉得太長，又找不到可以交易貨物的停泊港口，難保不會發生比上次更嚴重的事件。船員們的心情緊繃到了一個臨界點了，他們開始懷疑這次航海的意義到底是什麼？

出發前，他們都深信麥哲倫說的，只要航行海線正確，就能抵達那個「海峽」。沒預料到的是，航行的時間竟然會這麼久。這麼多人長期待在船上這個半密閉空間，摩擦紛爭越來越多，麥哲倫卻認為這些都是小問題，不予理會。而且，船員們耳語說船隊中有船長準備要背叛麥哲倫，自行返回西班牙。這些事情非同小可，但麥哲倫似乎不在乎。

我只能向上帝祈禱希望一切都平安無事。

　　船上不安的氣氛越來越濃厚，感覺有什麼大事情就要發生了。船隊在這一天找了地方停靠，船員們都上岸參加彌撒儀式。清點人數之後，麥哲倫發現門多薩和奎薩大兩位大船長竟然都沒有在現場。麥哲倫馬上要人回船上找這兩人，並且要他們馬上過來。眾人在岸邊等了又等，麥哲倫的臉色越來越沉重，席爾瓦在一旁只能乾著急。

　　遠方終於有人影出現了，結果，是剛剛被派去叫人的船員。他氣喘吁吁的站在麥哲倫面前，支支吾吾的説不出話來。

　　「兩位大船長呢？怎麼不見蹤影？」

　　「報告大船長，他們兩位不願意過來。」

　　「不願意過來？他們知道這樣違抗命令的後果嗎？」

　　「他們應該知道……」船員根本不敢抬頭看麥哲倫。

　　「好。那就這樣吧，我們開始舉行彌撒儀式。」席爾瓦想説點什麼，卻被揮手阻止。船員們竊竊私語討論這場風波。

過沒多久，真正的風波來臨了。麥哲倫要聖安多尼俄號去找飲用水，給船隊的各個船隻使用，沒想到遭到拒絕。麥哲倫召人打聽船長動態，得知有三位船長不顧命令準備返航西班牙。麥哲倫要求船員們離開，包括席爾瓦，沒有人知道他想要做什麼。

　　夜半時分，麥哲倫拿了一封親筆寫的信給傳令員，要他交給維多利亞號的門多薩。過沒多久，門多薩搭著小船來到了麥哲倫的船上、進入到艙房，之後便再也沒出來。

　　接著，許多小船分別駛出，來到了聖安多尼俄號和康賽普星號，許多人在皎潔的月光下爬上了大船。

　　隔天，麥哲倫下令船隊重新回到岸上，所有人都得下船。席爾瓦一頭霧水，他不知道又發生了什麼事情。

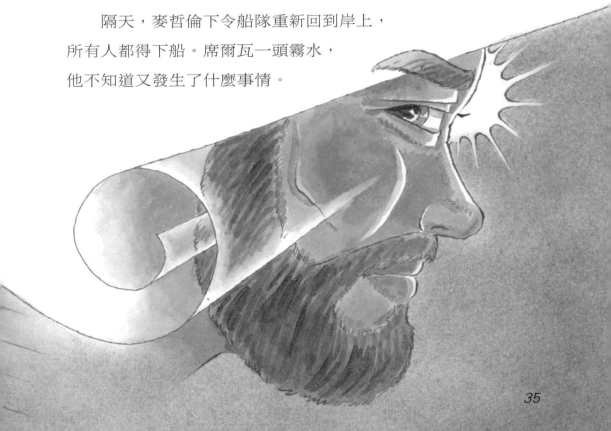

「我們這次出海，是國王卡洛斯一世的命令，要我去尋找可以通行的海峽。既然是國王的命令，因此就算是犧牲性命，也要在所不惜。」

這個時候奎薩大、克塔基那、瑞納被雙手反綁，推到了眾人面前。

「這幾個人違背了我的命令，也就是說，他們違背了國王的命令。依法，他們都該被判刑。昨天深夜，門多薩已經被我處死了，他的屍體已丟入海中。」

眾人一聽，臉上都顯露出驚駭的表情，連席爾瓦也驚恐萬分。

「現在，我下令，奎薩大要被施以斬首之刑。克塔基那和瑞納則是被施以流放之刑，流放地點就在這個無人的荒島上。」

「我希望大家明白，找到海峽是這次航行最主要的任務。只要任務還沒達成的一天，我們就會繼續往前航行，絕對不會返回西班牙。所以，只要有人違抗命令，下場就會和他們一樣！」

接著，在場所有人齊聲大喊：「遵命！」叛徒一一處刑後，船隊便開拔起程了。歷經了這次審判，船員們再也不敢有二心。他們知道，假如真的在這個時候逃回西班牙，可能得面臨到更嚴重的後果。想到這裡，大家的心情反而都安定下來了，眼前只有跟著麥哲倫找到通往海峽的航道，不然，不會再有其他回家的機會了。

席爾瓦找到機會，私底下問麥哲倫事情發生的經過。

「在那封信中，我跟門多薩說，這次出航主要目的並不是要找尋海峽，而是要找尋傳說中的祕寶。我需要他的協助，如果找到了，我可以私下給他一成的寶藏。所以，我要他過來船上，我會說出更多細節，然後，他就來了。」

「原來如此。我還覺得奇怪，門多薩這麼多疑的人，又處處跟你作對，怎麼會單獨前來呢？」

「很簡單，人性。他想要回去西班牙，是因為這趟航程不確定性太高。所以，我就給了他一個無法抗拒的誘惑。」

「其他想要造反的人就更容易了。除了門多薩之外的船上都有我的人馬，一聲令下，這些叛徒馬上就被抓起來了。」

「平常看你根本不關心船員們的紛爭，沒想到早就做好準備了。」

「之前在葡萄牙服役的時候，這樣的事情層出不窮，我早就習以為常了。」

麥哲倫說，長時間待在海上，看不到家人，衛生條件差，飲食也不好，時間一久，任何人都會受不了。他自己一開始當海軍的時候，也是極度不適應，出海的時候腦海裡想的只有回家，心情會變得很暴躁。

「這不是你第一次出海嗎？難道不會想家？」麥哲倫問。

「家？」席爾瓦笑了笑。

「我是在孤兒院長大的，十二歲就離開那個地方找工作養

活自己了。我不知道爸媽是誰，只有聽大人說過，我爸是一位航海家。」

「原來如此，難怪我邀請你加入船隊，你沒想太多就答應了。」

「是啊，沒有家累，想做什麼決定就容易多了。」

隨之而來的是夾帶著海風呼嘯的沉默。跟麥哲倫聊過之後，席爾瓦知道了事情的來龍去脈，也分享了自己的成長背景。他沒有說出口的是，把叛變的人處以死刑或是丟在荒島，這樣的做法未免太殘忍。應該把他們集中、關在艙房裡派人看守，回到西班牙後再交由政府處置。但換個角度思考，船上每個人都身兼多份工作，人力相當吃緊。如果還要輪班看管叛變者，後續會引發怎樣的效應，恐怕難以預料。這樣看來，在這個時機點上，麥哲倫的做法或許才是最適合的。

「大海果然既迷人又危險。」席爾瓦嘆了一口氣，轉身走回艙房準備休息了。

麥哲倫躺在床上，回想起剛剛談話的過程。他知道席爾瓦並沒有把真正的想法說出來，但自己也沒有多做解釋。他的命令被認為過於殘酷，但其實這是不得不為的做法。如果不施以嚴刑峻法，自己接下來還要帶領這麼多艘船隻、船員，威信一定會大打折扣。麥哲倫回想起自己從軍時的往事；有一次出海，船員們因為食物分配不均而大打出手，其中一人被打到手臂斷裂。船長得知後，只下了一道伙食分配要公平的命令而已，引

起事端、出手最重的那個人完全沒有受到責罰。

　　事件過後不到一星期，船上竟然有人被殺死了；喪命的，就是那位引起紛爭的船員。船長當時仍然沒有下令把殺人者找出來，只對大家說一切等回到葡萄牙再說。結果，船員們之間的猜忌、怨恨的種子已經埋下，接著，就發生了更大規模的衝突。好幾條寶貴的性命在這次衝突中犧牲了，船長這時才發覺事態嚴重，決定返航。

　　茫茫大海中，事情的變數太大了。至今，麥哲倫還沒有萬全把握能找到海峽，他能做的便是確保所有人的安全，唯有如此，這趟旅程才會有圓滿的可能。因此，用最嚴厲方式對待那些觸犯命令的人，讓其他人服氣，成為了唯一的選項。

席爾瓦發現事件發生後，船上氣氛變得融洽了，向心力也更強了。這是他當初沒料想到的，證明麥哲倫的做法是對的。

這一天，席爾瓦和其他船員等管理階層齊聚準備向麥哲倫報告工作近況。聖安多尼俄號的新任船長說，船身有一些毀損的情形，暫時不影響航行，但也要儘快找到停靠點進行修復。醫護官說這幾天天氣很棒、陽光熾烈，他已經要求各個船隻把臥鋪中的棉被、寢具，以及個人衣物，還有鍋碗瓢盆一一拿到甲板曬太陽。主要的用意是殺死病媒細菌，保持物品乾燥，避免發霉。麥哲倫點了點頭，相當稱許醫護官的作為。

至於飲用水、食物方面都算是足夠，席爾瓦說他已經巡視過儲存食物的倉庫，把受潮的木箱木桶，或是有發霉跡象的食物都重新裝箱、挑出丟棄。席爾瓦建議，下次上岸的地點如果有人居住，應該拿船上的絲綢等物品，交換乾燥的食物回來。

會議剛結束，就傳來接近陸地的訊息。麥哲倫說，待會停泊後，各單位就按照需求事項分頭進行。席爾瓦站在甲板上望向陸地，發現遠處的林木叢中好像有人影晃動。

「這個島有人居住，太好了。」席爾瓦跑到儲藏間，準備可以拿來交易的物品。麥哲倫也看到了陸地上的黑影，可以確定是人沒錯，應該是當地土著，但好像有哪裡怪怪的。麥哲倫命令三分之二的人先留在船上待命，備妥長槍弓箭；下船登陸的人則要隨身攜帶武器。大家原本開心的心情瞬間轉為緊張、甚至恐懼，紛紛交頭接耳討論是不是有敵人出現。

　　麥哲倫率領眾人小心翼翼的走在沙灘上，樹林間晃動的人影越來越清晰。席爾瓦一看，心裡一驚，這些人也太巨大了！

　　「巨人來了！」

　　「快逃哇！」

　　「我們會被吃掉！」

　　巨人們從樹林中走了出來；他們身上掛著獸絨製的披衣，手持長棍，身長幾乎是麥哲倫等人兩倍高。他們緩緩走來，在沙灘上留下一個又一個巨大的腳印；對船員來說，這些當地土著就像是怪物般恐怖，彷彿下一刻就會被抓住然後當成食物。

　　「等一下！大家不要跑，待在原地！」麥哲倫大聲喊道，此時，巨人們也停下了腳步，似乎是被吼叫聲震懾住。

　　麥哲倫獨自往巨人方向走去，席爾瓦緊張的跟在後頭。

　　麥哲倫和巨人們相隔只有兩步的距離，雙方的身高差距更為明顯。麥哲倫抬頭仰望巨人，臉上露出了微笑，接著伸出手。巨人臉上表情有點疑惑，接著轉為柔和，伸出手碰了麥哲倫的手。席爾瓦等人這時才放下心來，把準備抽出的武器放回去。

　　後來，麥哲倫稱呼住在這個地方的人為「巴塔哥尼亞人」（Patagonians），意思就是有著巨大腳掌的人們，而這也成為

了此地的名稱。麥哲倫一行人在此地紮營，一方面可以休養生息，一方面補充物資。這個地方有著豐富的漁貨資源，船員們因此天天飽餐，並且學習透過煙燻、日曬等方式製作魚乾。席爾瓦和巴塔哥尼亞人透過比手畫腳的方式聊天，知道了這個民族是以游獵為主要生存方式。

「這些巨人脾氣很溫和，很好相處。」麥哲倫咬了一口烤羊肉，又喝了一口酒，這大概是出海以來最放鬆的時刻了。

「沒錯，和他們交易物品很愉快，收到的東西品質都不錯。」席爾瓦還談起了他和巴塔哥尼亞人互動的有趣過程，兩人笑得樂不可支。

在修理船身的時候，巴塔哥尼亞人還主動出手幫忙；身高體長的他們只要舉起雙手，高度就跟攀上木梯的西班牙船員差不多。有了他們的協助，船隻損壞的地方很快就都修理好了。

準備要出發的前一晚，席爾瓦竟然感到捨不得，他想著明天一定要去跟巴塔哥尼亞人好友說聲再見。就在此刻，樹林中傳來了吵雜的聲音，席爾瓦回頭一看，還有人影晃動。忽然，沙灘上集結了拿著武器的船員，擺好陣式，一副就是迎擊敵人的模樣。

「發生什麼事情了？你們為什麼要拿武器？」席爾瓦搞不清楚狀況，隨手也拿起了短刀跟在隊伍旁。

從樹林穿越而出的，竟然是麥哲倫等人，還有跑步姿勢極不自然的巴塔哥尼亞人。席爾瓦仔細一看，巴塔哥尼亞人雙手被鐵鍊綑綁，被船員們拖著一拐一拐地往前進。

「麥哲倫！你們為什麼要抓他們？」席爾瓦看到身上有著傷痕的巴塔哥尼亞人，知道剛才一定發生過激烈的打鬥。

「當然是要帶回西班牙給國王欣賞。」麥哲倫有氣無力的回答。

「他們出生在這裡、在這裡成長、養育小孩，這裡是他們的家，你憑什麼抓走他們？」席爾瓦不管麥哲倫是他的長官，口氣嚴厲的質問。

「憑什麼？憑我是西班牙國王卡洛斯一世指定的船長，我有權力把這一路上珍貴的、新奇的、貴重的事物帶回去獻給國

王。」麥哲倫來到席爾瓦面前，怒眼瞪視著他。

「他們是人，不是動物，也不是物品，更不是珠寶鑽石。難道你要硬生生拆散這些巴塔哥尼亞人？他們的小孩、家人怎麼辦？」

「少廢話。我就是要帶走這些巴塔哥尼亞人。」

「你能保證他們可以活著到西班牙嗎？這趟旅程還要多久才會結束，連你也不清楚。我們對他們的習性、飲食習慣都不了解，你覺得我們有能力照顧他們嗎？」席爾瓦不能允許這種情況發生，他試著跟麥哲倫講道理，分析這件事情的利弊。

「更何況，照顧他們需要不少人力。歷經之前的叛變事件後，船員少了許多，你覺得現有的人力應付得了嗎？」

麥哲倫不發一語，他似乎正在思考席爾瓦講的話，感覺心意正在動搖。

「人力不夠，大家就多做一點！這些人我還是要帶上船，你可以住嘴了。」麥哲倫做出最後的決定了，他的語氣透露出不容反駁的態勢；席爾瓦知道沒有轉圜的餘地，轉身用充滿歉意的眼神看著狼狽的巴塔哥尼亞人。

樹林中又跑出了一群巴塔哥尼亞人，一看就知道滿是怒意。那位和席爾瓦成為朋友的巴塔哥尼亞人，用著憤怒的表情對著他比手畫腳。席爾瓦想上前去解釋，說以後定會把他們送回這裡，請不用擔心。但是，他找不到任何正當的理由說明為何要帶走他的族人；想到這裡，席爾瓦垂下雙手，低頭避開迎面而

來那一雙雙困惑、不解、氣憤的眼神。

　　「五人一組，輪流把要帶回西班牙的巴塔哥尼亞人押回去船上，其他人在這裡戒備。」

　　巴塔哥尼亞人突然往回退到樹林中，麥哲倫等人看不清楚他們的蹤影。現場氣氛變得十分緊繃。

　　「注意！拿起盾牌，擺出防禦的陣式！」席爾瓦還搞不清楚發生什麼事，就被麥哲倫拽到沙灘上，一邊大喊：「小心弓箭！」

　　原來，巴塔哥尼亞人藉由樹林當作掩護，開始向敵方射箭。

　　席爾瓦生平第一次面臨這種生死關頭的場面，身體早已無法動彈。

「席倫、麥特，你們保護席爾瓦回到船上！」

「其他人注意弓箭，不要回擊，然後撤退到船上。」沙灘上的人彼此掩護往後退離，其實，巴塔哥尼亞人的箭射程不遠，只要保持距離就可以避免被射中的危險。席爾瓦在上船前看著沙灘上正在發生的事情，感覺很不真實。原本以為這將會是一次美好的相遇，最後竟演變成破壞家園的劣跡。

「或許他們射箭不是要致人於死，是為了要趕走我們吧！」席爾瓦深深的嘆了一口氣。

　　麥哲倫把帶回船上的四位巴塔哥尼亞人分別關在四艘船上。每到入夜，船上就會傳來像是嗚咽、低吟或是歌唱，無法形容的旋律迴盪在每個人耳邊。事隔多年之後，席爾瓦仍然清晰記得那些個夜晚、那些巴塔哥尼亞人悲傷的低吼，像是在控訴什麼般刺痛著神經。

　　船隊繼續航行，麥哲倫好像什麼事情都沒有發生過，除了定時聽取被關在船上的巴塔哥尼亞人的狀況外，從不提起這群無辜的人們。席爾瓦也沒再跟麥哲倫講過話，他會帶著食物去探望巴塔哥尼亞人，盡自己的能力讓他們過得好一點。

　　一口氣說了那麼多故事，爺爺喝了口濃茶，稍作休息。羅納度急著問爺爺那些巨人後來怎樣了？

　　「我不知道，因為後來發生許多事情，我沒有隨著船隻回到西班牙。」

　　「為什麼？」羅納度很驚訝。

　　「因為麥哲倫生你的氣，把你丟在荒島上了嗎？」還沒等爺爺開口，羅納度就急著想找出原因。

　　「如果是這樣，那就好囉！」爺爺露出無奈的笑容，可是羅納度感到更疑惑了。

　　「羅納度，我問你，你覺得麥哲倫是一個怎樣的人？」

　　「我覺得，他是一個很有毅力的人。」

　　「也很有權威，遇到危險的時候都不會緊張，很勇敢。」

　　爺爺相當滿意這樣的說法，大大稱讚了羅納度一番。

　　「可是，他好像也很霸道，想做什麼就做什麼，沒有考慮到別人怎麼想。」羅納度認真的想了想，覺得這個人好像很複雜。

　　「你說的沒錯，這些都是麥哲倫的性格之一。」

　　爺爺說，麥哲倫從小就立定志向，要在大海中一展鴻圖。他 24 歲就投入海軍的行列中，剛開始，他什麼都不會，只能努力學習。他遭遇過許許多多險境，不管處境多麼艱難，都一一克服了。麥哲倫去過印度，並且在那裡打過仗、受過傷；升任船長職務後，曾帶領船隊尋訪香料群島。回到家鄉後的他，因

為還有夢想要實現，於是便積極的到處找尋機會。

「他做過很多決定，有些好的，有些不好的。但仔細想想，他其實相當負責；對於別人的託付，他一定會盡心盡力做到。」

　　時間又過了一個多月，雖然船隻的航行算是順利，船員們之間也沒有再發生爭吵事件。只是，麥哲倫內心開始有點動搖；表面上看起來仍是相當有信心可以找到航道，但也會懷疑此行到最後是一場空。

　　就在這個時候，甲板上傳來了吵雜的聲音。

　　「船長，會是這裡嗎？」

　　遠方的陸地好像是鳥喙的形狀，但不清楚是河道或是海峽的入口。麥哲倫有點激動，但是沒有表現出來，他知道在這個時候必須要冷靜，即便其他人雀躍不已。

　　「派兩艘小船前去查看。記住，這一兩日的天候狀況可能會變差，注意安全。」

　　前往探查的船隻經過了兩天還沒回來，眾人頗為焦急。這個時候，麥哲倫的情緒似乎也快要到達臨界點，成天在甲板上來回踱步，不安的心情全部寫在臉上。

　　「他們恐怕是凶多吉少。我不應該只派出兩艘小船，這樣太危險。整個船隊都過去的話，彼此至少有個照應。」麥哲倫後悔自己不該為了一時方便做出的決定；他當初的想法是，如果整個船隊又開拔進去這個不知是河道或海峽的地方，恐怕又會是無功而返，對士氣來說是一大打擊。

　　在懊悔之餘，海上傳來了爆裂的聲響。

　　「打雷了嗎？難道真的有暴雨來襲？」麥哲倫臉色一沉，抬頭仰望天空。

「應該不是，天空相當晴朗，不太可能是打雷。」席爾瓦覺得跟天氣無關。

　　「我看到船了！他們回來了！」

　　兩艘船隻往船隊方向緩緩駛來，施放著響炮，而且在那兩艘船上的船員聚集在甲板上舞動雙手，臉上充滿開心的表情。看到這一幕，麥哲倫再也按捺不住，跟著船員們一齊揮手、歡呼回應。

　　麥哲倫聽完船員的報告後，馬上下令船隊開航進入這個可能是海峽的灣道。一路上風平浪靜，後來遇到分歧的航路，麥哲倫再度派出船隻去探查。這一次，他胸有成竹，他有預感，榮耀即將到來。

　　果不其然，船隻很快就帶回了好消息；他們在幾天的航行過後就通過另一個海峽，來到了海洋的懷抱。麥哲倫不禁喜極而泣，歷經了這麼久的時間，度過了那麼多的風波，終於發現了海峽。他們眼前這片大海，就是太平洋。

日期：1520 年 11 月　　　　　停靠點：太平洋

從那兩艘船帶回來好消息之後，每個人情緒都很高亢。因為，找到了海

峽，就意味著我們即將回家了。可是，事情的發展並不如想像的那麼順利；

原本謹慎的麥哲倫，因為開心而過於放鬆的緣故，沒有注意到有船隻再次

策畫叛逃。康賽普星號帶著糧食、用了些詭計，逃離了船隊，私自回去西

班牙了。這一走，船隊的糧食飲水就不足了，船員們叫苦連天，到後來，

竟然要抓蟲來充飢。有些船員餓死了，更多船員生病了，這是麥哲倫想都

沒想到的情況。

我問他現在該怎麼辦，麥哲倫很誠實的說，他不知道。這趟航行主要目的

就要完成了，但之後要怎樣平安健康回到家鄉，卻又是困難重重。

日期：1521 年 1 月　　　停靠點：鯊魚島（Shark Island）

每天都有船員駕著小船想要捕魚，但收穫寥寥可數。像是今天，不但抓不到魚，還有人喪命。眼前這個小島上看起來光禿禿的，沒有人煙，而且這片海域看起來就是沒有海中生物的樣子。本來麥哲倫決定到下一個島嶼再登陸，有船員因為太過飢餓堅持要下海捕魚。結果，一下海後就再也沒有浮出水面，接著，海面上出現小小一圈暗紅顏色，逐漸渲染成大大一片。好多彎月型的魚鰭露出水面，繞著染紅水域轉。我們才知道，海裡面全都是鯊魚，所以才捕不到魚，島上也沒有人煙。

日期：1521 年 3 月　　停靠點：拉德倫群島（Ladrones）

今天的遭遇有點詭異。我們看見了一個有著山巒起伏的島嶼，在尚未接近的時候，船員發現竟然有簡陋的木船靠近船身，島上的土著想要登船來偷取財物。麥哲倫命令船員不要用武器攻擊，用東西把他們擊落就好。這些土著落水後大概知道我們並不好惹，就划著船回到島上去了。麥哲倫心中盤算著如果登陸，和土著們應該會有打殺的情況發生。於是，他要大家再忍忍，繼續尋找下個可以休息的島嶼。

日期：1521 年 3 月　　**停靠點**：拉德倫群島（Ladrones）

麥哲倫把這些島嶼命名為拉德倫群島是有原因的，意思就是盜賊的意思。

我們終於找到了一個沒有土著居住的島嶼，麥哲倫趕緊要健康的船員協助

生病的船員到岸上休養，也安排負責警戒的衛兵站崗。這個島上有豐富的

蔬菜水果，這正是體弱的船員們需要的。幾天後，大部分生病的船員都康

復了；雖然仍是有點虛弱，不過已經可以自己走動、甚至幫忙採集糧食。

　　麥哲倫一行人之後來到了現今菲律賓群島的薩馬島（Samar），也就是最終目標──香料群島。最後他們抵達宿霧島（Cebu），和當地人民熱烈的進行交易，過程順利平和。

「我們可以回家了，這趟航程已經圓滿了。」席爾瓦記不得自己何時離開家鄉，只覺得時間過了好久，是該回去了。

「好，我再做完一件事情就回去。」

「帶來的物品也都交易得差不多了，還有什麼事情呢？」

麥哲倫說，他想要在這裡傳教，讓這裡的人民都能信奉基督教。自己也是基督徒的席爾瓦，聽到他的打算，心底雖然有點猶豫，但無法拒絕這項提議。於是，麥哲倫就開始向宿霧島的人民傳佈基督教義，要求他們捨棄原有的信仰。麥哲倫對於傳教的熱衷程度不亞於航海，過沒多久，這個島上很大一部分的人民都成為了基督教徒。看到麥哲倫獲得了這麼大的成功，席爾瓦一方面感到開心，一方面卻有著深沉的隱憂。他想要找個機會和麥哲倫好好聊聊，但苦無機會。

唯一例外的是馬克坦島（Mactan），這裡的頭目反對麥哲倫傳播基督教信仰。麥哲倫對此無法忍受，決定以武力征服此地。當時，席爾瓦毫不知情，他正在其他地方為當地人民解釋基督教教義。

麥哲倫帶著自己的人馬、約五十多人左右，來到馬克坦島，準備痛擊不願歸降、改變信仰的頭目拉普拉普。船隻停在小島遠處，麥哲倫發現敵方的人數有上千人之多。

　　「船長，敵軍人數比我們多出太多，要不要再回去召集人馬？」副手神色相當不安，他希望麥哲倫可以暫緩出兵。

　　「不用擔心，人數雖然懸殊，但是我們武器精良多了。」

　　「而且，我們有上帝的保佑。」麥哲倫露出無比自信的神情，其他人見狀，也只能聽從號令。

　　「拉普拉普！如果現在投降的話，我會留住你們的性命。」

　　「我們不投降！」

　　「難道你不怕火槍嗎？看看我們的武器，你們可以抵擋多久呢？」

　　「我們有刀、有長矛，為什麼我們應該害怕？」

　　馬克坦島的頭目毫不畏懼的模樣，讓麥哲倫怒火中燒，他下令五十個人整裝準備下海迎戰，其他人留在船上待命。

「拉普拉普！你作為頭目，應該要為你的子民著想；難道要為了不必要的堅持而犧牲這麼多人的性命嗎？」

「少說那些好聽的話。你們開著大船突然出現在我們的島上，完全無視我們的意願，強迫我們放棄原有的信仰，搜刮我們財物。站出來抵抗，才是真正為這塊土地的人民著想！」

拉普拉普一番義正嚴詞的談話，讓麥哲倫面紅耳赤。頭目說得沒錯，麥哲倫來到宿霧島、馬克坦島之後做的所有事情，其實可以算是一廂情願。他向所有人宣揚基督教的好，卻沒有問過當地人民的原生信仰的由來和重要性。麥哲倫一行人利用島上人民的無知，用普通的物品，交換貴重的財物。這些都是麥哲倫等人心照不宣的事情，現在被一個看似不開化的部落頭目點破，一時間，這位威風凜凜的船長說不出話來。

「進攻！」麥哲倫終於還是下令進攻了。

西班牙士兵越過淺灘，跑上了沙灘，對著馬克坦島人舉槍射擊。槍擊的威力果然不同凡響，西班牙士兵第一次的射擊，讓迎面而來的馬克坦島人應聲倒下。第二次射擊，又是數個馬克坦島人橫倒在沙灘上，這讓他們暫緩了進攻的步伐。看到敵人膽怯了，麥哲倫彷彿勝利在望，舉起手臂，要後頭的士兵奮勇上前殺敵。

兩軍交接，西班牙士兵的氣勢的確達到了嚇阻的效果，但是，人數上的劣勢很快就使得情勢逆轉。一波又一波湧現的馬克坦島人，讓武器精良的西班牙士兵筋疲力盡，不僅節節敗退，人數轉眼間只剩一半左右。

　　「船長，他們人太多了，我們會全軍覆沒！」

　　「拿著火把，去把他們的屋子燒掉！」麥哲倫想藉由這個辦法引開敵人注意力，拖延時間，讓大家可以撤退到船上去。

　　火勢果然蔓延開來，原本以為馬克坦島人會掉頭，沒想到他們反而更為憤怒。

　　「他們把我們的家園都燒了！殺光他們！」馬克坦島人進攻的態勢加倍猛烈，西班牙人只能撤退回船上。

　　在一陣兵荒馬亂之中，麥哲倫被絆倒在沙灘上；士兵看到船長落入險境，想要回去拯救，卻發現自身難保。於是，麥哲倫命喪異鄉了，他的旅程在這個島上畫下了句點。

第七章·回到家鄉

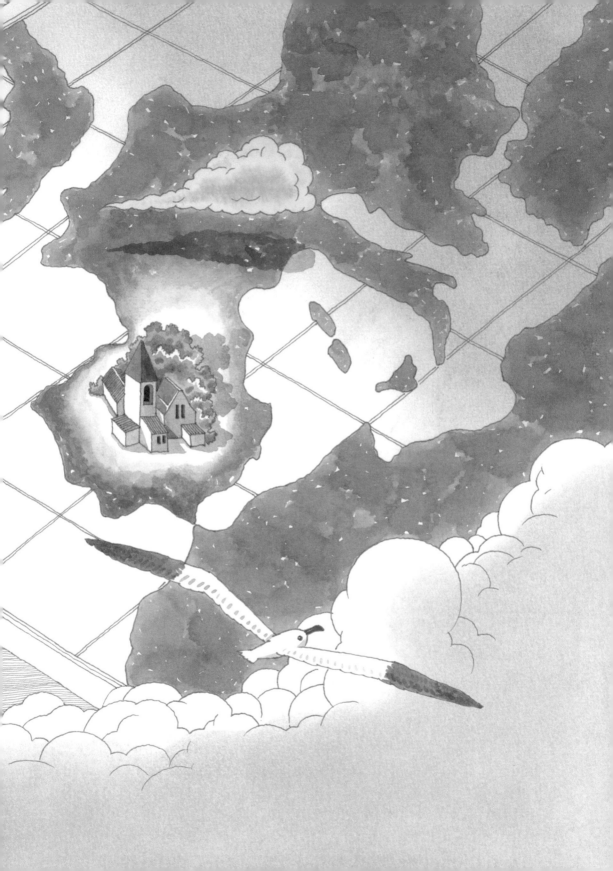

「麥哲倫死掉了？」羅納度不敢相信爺爺說的。

「那你有被追殺嗎？」

「哈哈哈，傻孩子，你說呢？」爺爺大笑。

「那時候我人在其他地方，知道麥哲倫死了之後，我就先找個地方躲起來。」

「其他人呢？」

「很多人都罹難了，能夠回去的只有少數幾個。」

「因為有當地人的幫助，我避開頭目的追殺，才得以倖免於難。」

爺爺說，他花了好久的時間才回到家鄉。他沒有跟任何人說過曾經和麥哲倫一起出海的事情，就連羅納度的爸爸，都以為他只是跟著貨船到其他國家進行貿易而已。

聽完這個精彩、驚險萬分的故事羅納度意猶未盡，他還想知道爺爺是怎麼回到西班牙來的，過程中有沒有遇到危險的事情。但在這之前，他最想要知道的是，為什麼每次問到大海的事情時，爺爺都要這麼生氣呢？

「當初我會答應麥哲倫一同出海時，朋友們都勸我好好考慮，不要衝動。他們說你和麥哲倫根本不認識，這趟旅程也不知道成功機率多大，說不定因此喪命也說不定。」

「我很自信的告訴他們，大海的一切我都很清楚，不會有問題的。」

爺爺說等到他在茫茫大海中航行後才發現，人的問題比海

的問題複雜太多了。人都會有忌妒心，會覺得別人過得比較好、做的事情比較少；只要這種心態一出現，問題就會接踵而來。

「你長大之後想要當一個航海家，爺爺不會反對。但爺爺希望，你要謹慎，要做好萬全準備，尤其是在心理建設上。」

爺爺沒告訴羅納度的是，那趟旅程中，他失去了好多朋友，包括麥哲倫。看到有人在眼前喪命，有人被迫和家人分離，這些事情在他心裡造成很大的傷害；在往後的日子裡，都會時不時想起這些曾經同甘共苦的人。

那種傷痛直到現在都還沒平復……

後記

　　看完這本傳記，對於麥哲倫精彩的一生是不是覺得很驚奇呢？在現代社會，搭船在海上旅行、到世界各國去觀光遊覽，是一件稀鬆平常的事情。但是，在五百多年前，海上航行卻可能是攸關生命危險的行為；在那個時候，航海的設備和技術相較起來是很落後的。很多時候只要出海，就不一定能夠再次回到家。

　　在這種情況下，麥哲倫仍然堅持理想、不畏艱難，一心一意想要找到未知的航道。雖然他完成了心願，但也不幸離世。

　　他的精神和勇氣是我們可以學習的，面對未知的一切，可以鼓起勇氣迎向前去，用毅力與耐力化解危機與困難。

　　希望讀完這個故事，你們對於這個世界的歷史有進一步的認識。並且了解，我們現在所擁有的一切，都是前人一點一滴累積而成的結果。

麥哲倫年表

1480 年　出生於葡萄牙。

1505 年　加入海軍艦隊，成為船員，在東印度服役。

1507 年　重新回印度。

1509 年　參與第烏戰役（Battle of Diu）。

1517 年　西航計畫被葡萄牙國王拒絕，前往西班牙塞維亞。

1519 年　獲西班牙國王支持，展開海上探險旅程。

1520 年　發現新的海峽，後人因此稱此為麥哲倫海峽。

1521 年　在馬克坦島和當地人民起衝突而喪生。

「世界的探險」系列

海上的勇者：麥哲倫

文 / 陳默默　圖 / 徐建國
叢書主編 / 黃惠鈴　叢書編輯 / 葉倩廷　整體設計 / 黃淑華
副總編輯 / 陳逸華
總 經 理 / 陳芝宇
社　　長 / 羅國俊
發 行 人 / 林載爵

聯經出版事業股份有限公司
新北市汐止區大同路一段 369 號 1 樓
(02)86925588 轉 5312
2020 年 5 月初版

文聯彩色製版印刷有限公司印製
聯經網址：www.linkingbooks.com.tw
電子信箱：linking@udngroup.com
ISBN　978-957-08-5530-2（平裝）
定價：新臺幣 280 元